AF390643

"Brillante Esperanza"
Título original en alemán: "Leuchtende Hoffnung – Adventskalender!
Copyright © 2019 Annemarie Nikolaus, Annette Paul, Elsa Rieger, Evelyn Sperber-
Hummel, Renate Hupfeld, Tine Sprandel, Sigrid Wohlgemuth
Fotos de Annemarie Nikolaus, Beate Lutz, Elsa Rieger, Renate Hupfeld, Tine Sprandel,
Wolfgang Genthe
Editora: Annemarie Nikolaus, F-03240 Tronget/Allier
Todos los derechos reservados
Traducido por María Martín-Peñasco Fuertes
Diseño de portada © 2021 Diseño Annemarie Nikolaus. Arte de la portada : Copyright 2020
Lothar Dieterichm https://pixabay.com/de/photos/engel-bettler-kerze-licht-fl
%C3%BCgel-5698069/
ISBN 9782902412969

Brillante Esperanza

Calendario de adviento

Ciencia ficción

Schreibwerk Autorinnen

Contenido

1 de diciembre

Erid se acuclillaba en su cueva. Por el techo caían gotas en el fuego. Al pensar en que sobre él yacía una densa manta de nieve y que no había perspectiva de que cambiase, se estremecía.

Su provisión de leña se acabó; como muy tarde por la mañana tendría que subir. Evitar a los lobos hambrientos astutamente en la búsqueda de combustible, que entonces estaba húmedo y tardaba una eternidad hasta que podía calentar con ello. Gimió cuando pensó en eso. Se rascó entre los sucios dedos del pie. Mañana recogería también un cubo de nieve para organizar un lavado del gato. Su búnker ya apestaba a él. Arrugaba la larga nariz.

Los inviernos se volvían cada vez más largos. Ahora debería ser más o menos principios de diciembre — entre tanto se podía contar con ocho meses de invierno. Sin embargo, él había sido un venerador del sol que amaba el calor. De mal humor contempló su morena piel mate.

La tierra del techo se desmigajaba sobre su cabeza. Allí desfilaban los bisontes otra vez sobre él. La manada golpeaba con sus patas, todo vibraba. Con suerte el techo de piedra no se vendría abajo un día de estos. Lo aplastarían sin más ni más.

Erid agarró la reserva de nueces y partió un par de nueces con una piedra. El temblor paró y suspiró aliviado.

Después se subió a la bici que impulsaba el generador, para escuchar música. Mientras pedaleaba contra la falta de músculo, escuchaba emocionado el Réquiem de Mozart. Había conseguido traer aquí algunos vinilos y el tocadiscos. Para ello había recorrido muchas noches el camino entre su casa en la ciudad arruinada y ese lugar, que estaba a kilómetros de distancia.

La cueva la había encontrado Erid por casualidad mientras caminaba. Entonces la entrada estaba descubierta. Ahora la había disimulado con piedras. Pero siempre que tenía que salir, le asaltaba el miedo de que su cueva estuviese habitada de otra manera cuando volviese. Hasta ahora había tenido suerte.

El último movimiento del Réquiem tocó a su fin. Erid se bajó de la bici, se tumbó en la cama de pieles, apagó la vela.

Por la mañana se equipó para ir en búsqueda de madera. A lo mejor se le cruzaba también una liebre de las nieves que pudiese cazar. Las nueces le colgaban ya del cuello. Retiró la pila de piedras que ocultaban el agujero y se arrastró hacia fuera. El deslumbrante blanco hizo que a Erid le llorasen los ojos. Se escurrió en los cordones que sujetaban sus zapatos de nieve bajo las botas y se puso en marcha.

El sol transformaba el campo que estaba ante él en millones de cristales brillantes. Con esa claridad, los lobos apenas saldrían del bosque para cazarlo.

Con precaución se acercó Erid al límite del bosque. En ningún caso tenía planeado adentrarse profundamente, pero la madera de ramas derribadas aquí era muy escasa.

Se arriesgó dos metros entre los árboles, la mirada dirigida atenta al más alejado entorno.

Por eso pasó por alto una raíz de abeto y quedó atrapado con el zapato de nieve, se dio de bruces con el suelo. Cuando quiso levantarse, el tobillo se dobló. Reprimió el grito de dolor, se mordió los labios. Temeroso miró hacia la profundida del bosque, pero todo había permanecido silencioso. Cojeó hacia el campo — probablemente se le había distendido un ligamento del tobillo. De repente se detuvo. En el horizonte, donde normalmente el azul del cielo formaba una línea conjunta con la nieve, se veía un peculiar resplandor rojizo.

2 de diciembre

¿Se suponía que eso era el sol? ¿Anunciaba el próximo fin del invierno? Erid se olvidó del tobillo doliente y su pecho se ensanchó con el pensamiento de la primavera. Quizá solamente durase un poco de tiempo hasta que el calor se extendiese de nuevo sobre la Tierra por un par de meses.

—¡Sol, te adoro! —murmuró Erid, se arrodilló y alzó las manos.

¡Qué tontería! Se aupó de nuevo.

—Si alguien me pudiese ver aquí, creería que me falta un tornillo. Arrodillarse en la nieve y adorar al sol. El largo invierno ha congelado mi inteligencia —¡Primavera! ¡Vaya tontería! Tan solo era principios de diciembre. ¿De dónde iba a llegar la primavera entonces?

Cierto, el mundo esta loco, a eso se había acostumbrado uno. Guerras — santos, democráticos y ambiciosos de poder — pertenecían al día a día. Millones de personas habían muerto, a esto se unían terremotos, catastróficas inundaciones y plagas. Los medios habían anunciado cada día las cifras de los muertos. ¿Qué nombres estaban detrás de las cifras? ¿Qué tipo de hombres habían sido, qué deseos, esperanzas, miedos habían tenido? Muchos de ellos habían rezado. Ni Allah ni el Dios cristiano habían escuchado sus súplicas. Ahora yacían bajo la tierra y se podrían consolar con que, después de todos los espantos que habían vivido, no tenían que soportar ni estos inviernos interminablemente largos ni la soledad.

Y él la soportaba ya desde hacía años. Tres años de soledad e inviernos que duraban meses. Cuántas veces había perdido la esperanza, cuando llegaba el miedo de que el invierno no acabaría nunca. Cuando los lobos aullaban y sus reservas de comida estaban casi agotadas. Pero luego llegó la primavera otra vez y con ella regresó la esperanza de que en algún lugar tenía que haber alguien que estaba solitario como él y a la búsqueda de un encuentro humano.

Y ahora este rayo de luz en el horizonte, que se volvía cada vez más ancho y más brillante, como si quisiese derretir el hielo y la nieve. ¿Un rayo de esperanza? ¿O estaba de nuevo un trozo de mundo en llamas? Involuntariamente olfateó como si pudiese percibir con su larga nariz un olor a quemado desde tan lejos.

El aire era claro y helado. Su tobillo le dolía.

3 de diciembre

Erid terminó su excursión al mundo de los pensamientos, se levantó y deshizo el camino a su cueva cargado con finas ramas.

De repente crujió algo no lejos de él. Rápidamente se agachó detrás de un saliente y dejó las ramas en el suelo sin provocar demasiado ruido. Con miedo se atrevió a lanzar una mirada al bosque de abetos.

Los árboles hacía ya tiempo que no era verdes. Secos, muertos, estaban alineados cerca unos de otros y formaban un contraste siniestro con la nieve. En la lejanía se movía una sombra en el panorama resplandeciente de color rojo.

Entrecerró los ojos para reconocer mejor lo que se movía hacia él. ¡Un lobo! Nervioso se apretó más contra la roca; con suerte el lobo no lo había venteado aún. Se congelaba, intentó frotarse las manos, mover los dedos de los pies. Durante una eternidad se quedó allí acuclillado.

¿Debería atreverse a mirar otra vez? Se inclinó hacia delante. Se asustó y cayó de espaldas en la nieve. El lobo estaba directamente delante de él y lo examinaba de arriba abajo con sus ojos verde amarillentos.

Erid tragó saliva con fuerza; su corazón estaba a mil. Pasaron minutos hasta que se atrevió a incorporarse. El lobo dio un paso atrás y se tumbó en la nieve. A su alrededor se teñía la blanca superficie lentamente de rojo.

El lobo estaba herido.

¿Lo había localizado para que lo ayudase? Rebuscó en sus recuerdos: ¿los lobos heridos eran expulsados de la manada? No estaba seguro; hacía mucho tiempo, habían ocurrido muchas barbaries en todos estos años; la soledad le había hecho olvidar.

Se levantó, fue lentamente hacia el lobo y se arrodilló a su lado.

Lo tumbó de lado y resolló con fuerza al hacerlo. En la tripa tenía un herida muy grande.

—Tranquilo, vamos a mi cueva. ¡Levántate! —. Cuando se levantó él mismo, sintió un dolor sordo en los dedos de los pies y un pinchazo en el tobillo. El lobo se quedó tumbado con los ojos cerrados.

Por eso se inclinó, metió las manos debajo del animal y lo elevó.

—La madera la puedo recoger más tarde —. Observó al lobo, como si esperase una reacción.

En los últimos metros parecía que el lobo estuviese ganando peso. Haciendo presión en las rodillas, Erid consiguió aún así llevarlo a la cueva y lo tumbó en un sitio cubierto de paja. Rápidamente encendió un fuego con la madera que le quedaba, trajo nieve y la dejó derretirse en una olla. Cuando el agua estuvo lo suficientemente caliente, desgarró una sábana, la sumergió y lavó la herida. El lobo abrió los ojos, gimió, intentó moverse, pero en el mismo instante perdió de nuevo el conocimiento. Erid le puso hierbas curativas secas encima de la piel y envolvió después el resto de la sábana firmemente alrededor de su tripa.

Solo ahora observó el animal en toda su grandeza. Una hembra. El pelaje era grisáceo; ¡un bonito animal! Acarició el cuello de la loba. De golpe se topó con un objeto duro. Se inclinó todavía más, separó el pelaje suavemente. Algo rojo brillaba hacia él. Estaba en una correa de cuero.

Con precaución deshizo el nudo, tiró de él debajo de la loba y fue a la entrada de la cueva para poder identificarlo mejor. En su mano yacía una piedra roja con forma de estrella, brillaba como el cielo de antes en la lejanía. Subió el collar hacia la luz y se asustó. En su interior parecía moverse algo. Además había letras grabadas. Entrecerró los ojos para identificarlas. Lentamente leyó:

Estrella de la esperanza.

¿Qué significaba eso? ¿Una estrella de la esperanza roja? ¿No se había dicho siempre que la esperanza era verde? ¿Y cuánto tiempo hacía que esa palabra tenía un valor? ¡Esperanza! ¡Bah! Erid se metió la piedra en el bolsillo del pantalón, regresó a la cueva y miró al animal, que dormía con respiraciones regulares. Después se puso en camino para coger la madera para el fuego.

4 de diciembre

Todavía resplandecía el horizonte. Rápidamente, Erid avanzó, su tobillo se había tranquilizado y un alegre humor extraño lo llenaba. ¡Por fin no estaba tan solo! Se conmovió. Canturreaba mientras rompía ramas congeladas de los árboles en la linde del bosque.

Con un gran fajo de madera regresó a la cueva. La loba lo miró con ojos centelleantes, aulló y movió la cola cuando él entró.

Erid sonrió.

—¡Hope! —. Dejó el fajo de ramas cerca de la hoguera—. Hope, tú eres mi esperanza. Así te voy a llamar.

Con movimientos lentos se acercó al animal. Se acuclilló al lado de Hope y extendió la mano hacia ella. Su corazón estuvo a punto de explotar de alegría cuando ella lamió la palma de su mano con su lengua áspera.

—Hope —susurró él conmovido.

Apretado contra ella, Erid se quedó dormido.

A la mañana siguiente, Hope estaba visiblemente recuperada. Erid inspeccionó la herida, que se había cerrado.

—¿Queremos explorar el resplandor? ¿Qué opinas?

Hope caminaba de un lado para otro intranquila.

Cuando pisaron delante de la cueva y comenzaron a caminar, Hope se quedó a su lado derecho. La luz frente a ellos brillaba ahora menos intensamente — una estrecha raya rosada.

Después de que Erid y Hope hubiesen andado durante dos horas sobre el suave paisaje enlomado, Erid tenía la impresión de que eran perseguidos.

5 de diciembre

Erid siguió caminando y escuchó. No se atrevía a darse la vuelta. Demasiado grande era su temor aprendido con los años. Solamente no hay que mostrar el miedo, los enemigos olían el miedo. Pero al mismo tiempo estalló en él la certeza de que detrás de él no le acechaba ningún peligro. Asombroso que reconociese ese sentimiento después de todos los años de desesperación.

Hope lo siguió a regañadientes, gruñiendo, y tocó su pierna. Lentamente Erid se dio la vuelta. En una línea los seguían un puñado de figuras. Estaban envueltos de pies a cabeza en pieles; no se podía reconocer si se trataba de personas de la Edad de Piedra, de personas del siglo de Erid o de criaturas míticas, de hombres o mujeres.

Cuando Erid reducía su paso, se volvían ellos también más lentos, él aceleraba, aceleraban ellos también.

Hope todavía gruñía. Erid se detuvo y trató de tranquilizarla, le acarició el caliente pelaje, el animal temblaba agitado bajo su mano. Detrás de ellos zumbaban las figuras en tonos graves, tan graves, que los tonos invadieron a Erid hasta las entrañas, pero ellos no se acercaron.

Hope olfateaba y removía con su hocico la nieve delante de ella. Después cavó con las patas delanteras. La nieve voló en todas direcciones, escarbaba cada vez con más ahínco y se hundió en seguida completamente en el hoyo. Erid esperó, la estrella de la esperanza fuertemente agarrada. ¿Una cueva subterránea? ¿Un manantial, un pasadizo a la tierra del sol?

Sonrió y se giró hacia las figuras zumbantes. Se habían apoyado en ramas, sus caras estaban casi completamente protegidas con pelos y pieles, Erid miró en ojos apagados. Ojos sin niguna esperanza. Las ramas daban a las figuras el último apoyo para que no se desplomasen y se quedasen dormidos para siempre en la nieve.

A Erid lo invadió el pánico. Había dejado sus reservas en la cueva. Debería ver morir a diez seres y Hope excavaba en ese momento la tumba. Eso era peor a los años de la soledad en la cueva. Eso era la mirada al infierno.

Desde la profundidad de la fosa de nieve, sonó el gimoteo de Hope. Subió hasta un aullido hasta que Erid finalmente descendió. Por eso precisamente había empezado a cavar la loba justo en ese lugar.

6 de diciembre

Hope estaba encima de una caja y al lado se encontraba otra. Erid abrió las cajas. Dentro había frutas deshidratadas, biscotes, pan seco y queso, así como chocolate. Llenó sus bolsillos y trepó hacia arriba. Se dirigió a las figuras zumbantes, les ofreció el pan y las frutas. Y el chocolate. Entonces fue como si alguien sacase el sombrío velo de sus rostros y sus ojos comenzaron a brillar. Cogieron los regalos, comieron, y en sus cuerpos tornó la vida. Erid les mostró las dos cajas en la fosa de nieve. Se rieron y se abrazaron mutuamente. Agradecieron a Erid con palabras que él no conocía, pero su alegría y la felicidad eran inconfundibles. No pararon de zumbar. Comieron, bailaron y rieron.

Erid y Hope continuaron la marcha. La risa tras ellos se volvió más suave y pronto se quedaron de nuevo solos. De repente, Hope se quedó quieta y gruñió.

Todo cuanto el ojo podía alcanzar, ni un alma humana ni un animal. A lo lejos delante de ellos había un abetal. Caían copos de nieve. Una fuerte brisa los separaba.

Hope estaba allí con los pelos de la nuca erizados. Sus ojos verde claro llameaban. Venteaba, pero no gruñó más y avanzó un trecho. Erid estaba como petrificado. ¿Había un fantasma cerca? ¿Podían los lobos oler a los fantasmas?

Hope se quedó quieta. Empezó a gemir suavemente, parecía apretarse contra algo, se sentó en la nieve y bajó la cabeza. Erid se olvidó por unos segundos de respirar. Hope se tumbó en la tierra y su pelaje fue aplastado, como si alguien la estuviese acariciando. ¿Qué estaba pasando? ¿Por qué se había tumbado la loba? Ahora ella cerraba los ojos.

—¡Hope! —Erid estuvo en pocos pasos junto a ella. Se arrodilló a su lado y la acarició. Entonces alguien le cogió la mano y una voz oscura dijo:

—Te he enviado la esperanza para que te devuelva a la vida. A una vida en la que la verdad vale y la hipocresía no tiene lugar.

—¿Quién eres? —Erid se levantó y tanteó hacia alguien a quien no podía ver.

—Soy quien soy —fue la respuesta del ser invisible.

—¡Dios mío! —Erid se frotó los ojos. ¿Se había vuelto loco? ¿Oía fantasmas?

—He escuchado tus pensamientos, he oído cómo te quejabas de las religiones, de las iglesias. Sí, a menudo las iglesias han enviado mensajes falsos al mundo. Mensajes que no los transmitimos ni yo ni los profetas. Guerras han sido dirigidas en mi nombre. Guerras sin sentido. Se ha abusado de mi nombre.

—Si eres Dios, de quien se dice que es todopoderoso, ¿por qué no has impedido las guerras? ¿Por qué has permitido el dolor a los humanos y a los animales? ¿Por qué has permitido que la Tierra sea devastada? ¿Por qué?

El Invisible calló.

—¿Por qué? —Erid golpeó con los dos puños al aire, como si quisiese dar al Invisible.

—Les he dado a los humanos la libertad de decidirse por el bien o por el mal —dijo el Invisible.

—¡Dios, te lo pones demasiado fácil! — Les has dado a los humanos la libertad absoluta, pero no la sensatez para gestionar esa libertad de manera responsable.

—Les he dado a los humanos la razón, con eso se diferencian de todos los demás seres en la Tierra.

—¿Y por qué son los humanos irracionales? ¿Está el diablo detrás? ¿Eres impotente contra el diablo? —. La ira de muchos años le ardía a Erid en las venas—. Dios, has dejado a los humanos en la estacada.

Entonces el cielo se volvió negro. Sordamente retumbaron truenos.

Erid miró hacia arriba.

—¿Es esa la única respuesta que se te ocurre?

Una ráfaga de viento helado le cortó en la cara. Hope se le acercó, lamió su mano y la cogió entre sus dientes. Se lo llevó hacia el abetal.

Detrás de ellos se estaba formando una furiosa tempestad. Rayos y truenos los perseguían. Erid corrió, tenían que llegar al bosque protector. Solo unos metros más. Pero de repente se chocó con una pared. Una pared invisible, que era tan dura que se golpeó en la cabeza. El dolor hizo que se le saltasen lágrimas a los ojos.

Pero el temporal había pasado. Hope gimoteó y frotó su cabeza contra la pierna de Erid. Erid se dio la vuelta.

Lentamente algo se desvió hacia él.

En el horizonte brillaba la raya dorada y rojiza.

7 de diciembre

La cara de Erid quemaba del choque contra la pared. Aún aturdido contemplaba la cosa. Subió los brazos, defendiéndose.

Una zarza en llamas rodó hacia él, impulsado por el viento. ¿Cómo podía pasar algo así? ¡Fuego en mitad de la nieve!

Le entró calor. Se obligó a quedarse con la ropa puesta. Lleno de miedo se apretó contra la pared invisible; lentamente se hundió en la rodilla. Olía a chamuscado. Hope escarbó lloriqueando una cueva. El fuego consumía chisporroteando la nieve; subía niebla.

—Erid, no te rindas. Eres nuestra esperanza —. Erid se estremeció cuando escuchó la voz de Irin. Hacía tanto tiempo —. Sigue a Hope, sigue a tu conciencia —dijo Irin.

Después se apagó el fuego. Erid metió la mano en las cenizas. Lágrimas gotearon en la nieve. ¿Cuánto tiempo hacía de eso? Irin, su chica, su amor.

Hope le dio un empujoncito. Como él no reaccionaba, le lamió las saladas lágrimas de su cara.

A duras penas, Erid se enderezó. Con una mano tocó por la toda la pared. Muy apretada a él corría Hope. Había completo silencio, tanto silencio que podía oír su conciencia. ¿Cuánta culpa se había echado en los pocos años de su vida? ¿Quizá era la extinción de la humanidad la única solución razonable?

—¡No! —horrorizado se quedó parado en una pendiente: en la cuenca, las ruinas de tres ciudades. Arrasadas a excepción de pocos edificios desmoronados. Enormes montones de escombros sin vida.

Maldijo la buena visibilidad y pegó una patada contra una cornisa de nieve. Impasible observó la avalancha que se precipitaba hacia el valle. Pero luego se dejó caer en la nieve y ocultó el rostro en el pelaje de Hope.

Ella gimió y tiró con los dientes de su manga. Él se levantó a duras penas y la siguió con cansados pasos, por delante del quemado zarzal.

Agotado se siguió arrastrando. Hope gruñía, su piel se erizó. Sombras se deslizaban rápidamente ante ellos; los rodearon: ¡lobos!

Gruñendo fuertemente, Hope se precipitó sobre el de delante.

—¡No, Hope, vuelve!

Hope ya le había hincado el diente. Erid buscó a su alrededor un arma. ¿Dónde había perdido el garrote?

Los lobos estrechaban cada vez más el círculo. El lobo delante de él tenía cinco patas, a otro lobo le faltaba la cola y el tercero tenía una particular cabeza redonda.

Erid se agachó, hizo compactas bolas de nieve y las arrojó a un lobo. El lobo retrocedió un poco; Erid modelaba y lanzaba.

Mientras tanto, Hope había mordido al líder hasta la muerte. Lo dejó tumbado y se precipitó hacia el siguiente atacante. Mientras los dos luchaban, los demás se acercaron con cautela al animal muerto y comenzaron a devorarlo.

El adversario de Hope huyó con un fuerte aullido. Ella corrió tras él, pero volvió cuando Erid la llamó. Los otros dos lobos se llevaron a su líder con ellos y desaparecieron.

Erid se concedió una breve pausa para recuperar el aliento.

—¡Gracias, Hope! —. Le dio palmaditas en la cabeza.

Un viento leve empezó a soplar, le llevó una melodía.

8 de diciembre

Erid escuchaba. Un sentimiento despertó en él, profundo en su corazón. Nostalgia. Esa melodía le era conocida, pero no sabía de dónde. Las lágrimas se le saltaron a los ojos: si lograba llegar al origen de esa música, todo saldría bien.

A duras penas bajó pesadamente al valle. Luchaba contra las dunas de nieve y los campos de hielo, y con cada uno de sus pasos la melodía lo atraía más. La música penetró en su alma, anegó su corazón y seguía empujándolo, aunque sus pies ya estaban dormidos y los ojos heridos por el viento helado. Finalmente alcanzó Erid la rocosa orilla del río.

Última parada.

Como una espumante calle, el río estaba ante ellos; infranquable porque el agua verdosa venenosa no permitía pasar a ningún ser vivo.

—¿Y ahora qué? —Erid estaba desesperado—. ¿A dónde debo ir? —.

Agotado se hundió en la nieve. ¿Para qué todo esto? ¿Por qué se había hecho todo esto, este esfuerzo, estas penurias, si su camino debía terminar aquí en la nada?

¿Y qué serían entonces todos las señas que lo habían hecho avanzar siempre? La voz de Irin, que resonaba como un eco en sus recuerdos; la zarza en llamas, del que había oído hablar en una antigua leyenda y cuyo sentido había olvidado; o el fantasma del misterioso anciano, esto sin olvidar la enigmática melodía. ¿Por qué todas estas cosas le habían dado toda la fuerza para llegar hasta aquí, si esto era el final?

—¿Qué más quieres de mí? —gritó y la tormenta desgarró las palabras de sus labios.

Entonces notó de repente humedad caliente en sus dedos rígidos por el frío. Hope le lamía temerosa las manos y miró gimiendo la orilla del río.

—Hope, mi esperanza —suspiró Erid—. Se acabó. Nuestro camino ha tocado a su fin.

Pero el gemido de Hope se volvió más insistente. Finalmente lo cogió de la manga entre sus dientes y comenzó a tirar. Erid finalmente sacó fuerzas de flaqueza y cedió a sus tirones.

Hope lo llevó cada vez más lejos por la orilla hasta un punto donde se elevaban rocas con costras de hielo en el lecho del río.

Allí, el agua era menos profunda y más tranquila y Erid recobró nuevas esperanzas.

—¿Cruzamos por aquí?

Hope lo golpeó animándolo en el costado.

Erid cerro los ojos y se dejó llevar por la melodía. Allí lo estaba esperando algo que daría sentido a esa caminata. Una última mirada hacia atrás, después puso su pie en la primera roca.

Con cuidado mantenía el equilibrio de piedra en piedra, no se atrevía apenas a saltar. Más de una vez estuvo a punto de perder el apoyo y de caerse al caldo venenoso, pero al final llegó intacto a la otra orilla.

A Hope el río le daba menos problemas, saltó ágil de piedra en piedra y aterrizó finalmente con un salto bien calculado ante sus pies.

Se hizo de noche y la luz de la luna iluminaba delante de él un enorme campo de nieve, sin ningún atisbo de vida. ¿Era ese su camino? ¿Todo recto dentro de ese blanco desierto sin contornos, que no le ofrecería ni protección ni alimentos?

Sus provisiones tocaban lentamente a su fin, él estaba agotado y completamente helado hasta la médula, pero esa melodía, esa lo seguía atrayendo.

Acarició a Hope detrás de las orejas y se puso en marcha.

9 de diciembre

Mientras la luna brillaba, sus cuerpos se dibujaban como enormes sombras en el campo de nieve.

—Somos monstruos, Hope, nada más que monstruosos engendros, destructores del mundo.

De cuando en cuando su bota se hundía en la superficie endurecida; tenía que prestar atención de protegerse el tobillo magullado. La blanca superficie parecía no tener fin, poco a poco, la desesperación agarraba a Erid de nuevo.

—¡No! —. Su grito no tuvo ningún efecto contra el silencio a su alrededor. Extendió el brazo como si quisiese abrazar el cielo y gritó otra vez— ¡No!

—¿Pero por qué gritas?

Erid se dio la vuelta. Una voz femenina; pero no se veía a nadie.

—¿Dónde estás? —. Sus dientes castañateaban, ¿por el frío?

A un par de metros delante de él surgió un ser como un fantasma. Trastabilló hacia la figura.

Una mujer, efectivamente. Se reía entre dientes.

—No podías verme.

Y ya había desaparecido de nuevo. Pero de cerca reconoció Erid cómo funcionaba. Ella llevaba un manto blanco como la nieve. Si lo cerraba, la mujer se volvía invisible. Si lo abría, el vestido oscuro de debajo se dejaba ver. Erid se rió.

Hope olisqueó con un gruñido contenido a la mujer, que murmuraba apelativos cariñosos. Pero luego la loba frotó su cabeza en la pierna de la mujer.

—Bueno —dijo la desconocida y se volvió a Erid—, ¿ahora quieres morirte de frío o venir conmigo?

Ella se dio la vuelta y él la siguió, mientras Hope corría de aquí para allá entre los dos.

A Erid le lloraban los ojos. El líquido se congeló en su cara. Luchó para no caerse y quedarse tumbado y no percibía apenas nada más. Cuando la mujer se detuvo, Erid se chocó contra ella.

—¡Hala! —gritó ella y desapareció.

—¿Hola? —contestó Erid confuso en la nada.

—Entrad ya.

Erid estaba frente a un iglú. Desde dentro, la mujer apartó un pañuelo blanco y él se arrastró dentro.

El calor llegó tan de repente que su cuerpo entero comenzó a arder. Gimiendo ruidosamente se dejó caer en un montón de pieles.

La mujer rió.

—¿No estás acostumbrado, verdad? Yo soy Samira, ¿y tú?

—Erid.

Samira se echó la capucha hacia atrás y se quitó el manto. Tenía por lo menos ochenta años. ¿Cómo podía sobrevivir?

—¿Qué pasa? Quítate la ropa; apestas, ahora que tu sangre se derrite. Puedes bañarte en seguida, el agua ya está caliente.

Incrédulo, Erid miró a su alrededor. En la pared a su espalda había una verdadera bañera sobre la que flotaba una fina capa de vapor.

Samira le lanzó a Hope un trozo de carne, que la loba engulló al momento.

—Quítate toda la ropa —dijo ella, y Erid se apresuró a quitarse las capas de ropa.

Hope aguzó las orejas porque él soltó un gemido muy fuerte cuando se metió en el agua caliente.

—Bien —. Samira le alcanzó un trozo de jabón duro—. Fuera la suciedad.

De una caja sacó una sartén. Después cogió de una oquedad cerca de la entrada paquetitos envueltos en cortezas y cortó varios trozos de su contenido. — Con la sartén y los trozos salió fuera.

Pronto penetró el exquisito sabor de bacon a la plancha en el iglú. A Erid se le hacía la boca agua y su estómago le dolía.

Se lavó concienzudamente. Samira regresó y lanzó una toalla en su dirección.

—Frótate bien para que no salgan sabañones.

Pero Erid ya se había secado, ¡qué sentimiento!

Samira le trajo un chándal. Cuando él se sentó vestido en las pieles, ella le dio un plato. Tiras de bacon crujientes con una especie de tortita y frutos secos tostados.

—Ahora me despertaré, muerto de frío en el campo de nieve.

—No digas locuras, come —refunfuñó Samira. Fue a la bañera y quitó el tapón.

Con las mejillas llenas, Erid barboteó:

—¿A dónde desvías el agua?

—El tubo bombea la letrina afuera.

¿De verdad eran las mujeres más ingeniosas que los hombres? Erid sacudió la cabeza de asombro.

Después de comer descansaron ambas en las pieles, Hope había apoyado la cabeza en la pierna de Samira.

—He seguido una melodía. ¿Tú también la has oído, Samira?

—¿Una melodía? —. Lo miró, como si estuviese mal de la cabeza— ¿Por eso has dejado tu cueva segura?

—Sucedió algo —. Erid señaló con el plato vacío hacia fuera; Hope se irguió olisqueando—. Esta luz —— no es una ciudad ardiendo.

Ella asintió.

—Por eso me he alejado tanto del iglú.

—¿Vamos mañana juntos a buscar el origen?

Samira le quitó el plato.

—Sí, te acompañaré.

Ordenó las pieles y apagó las velas. Se hizo el silencio en el iglú.

Pero la melodía sonaba delicadamente durante la noche.

10 de diciembre

—¡Erid, despierta! ¡Es hora de partir!

Erid abrió los ojos.

Samira le ofreció sus ropas, entonces cayó algo al suelo. Se agachó y lo alzó.

—¿De dónde has sacado esto?

Erid se levantó de un salto.

—¿De qué la conoces? —Erid se vistió.

—En mi juventud he leído sobre eso, se transmite de generación en generación y existe una pareja. El segundo tiene el nombre: confianza.

Giró la estrella en sus manos, después la alzó y miró dentro—. ¿Has visto? Dentro de mueve algo. Parece... No, nada, no puede ser —Samira le tendió la estrella a Erid—. ¿Dónde la has encontrado?

—Hope lo llevaba al cuello cuando la encontré —. Se abotonó la chaqueta, se puso el gorro.

La anciana se alejó un poco de él y rebuscó debajo de una estantería. Poco después sacó un cordón y se lo tendió a Erid.

—¿Qué tengo que hacer con esto? —. La miró soprendido.

—Cuelga la estrella otra vez a Hope. Nos guiará sin que nos desviemos o nos perdamos.

Como si la loba hubiese entendido a Samira, se levantó del sitio donde había dormido, estiró el cuerpo y bostezó. Después se sentó frente a Erid y extendió la cabeza majestuosamente en su dirección. Erid anudó la estrella y se la colgó.

—Bien hecho, Hope —. Le acarició el pelaje.

—Ven, es tiempo de que nos vayamos —Samira cogió una cesta y la dejó frente al iglú—. Para que no nos muramos de hambre por el camino.

Rápidamente Erid se ató su hatillo y echó un vistazo una última vez a su alrededor. Su mirada cayó en una foto en la pared que no le había llamado la atención por la tarde. Dio un paso, acercándose.

En ese preciso momento, Samira puso su mano huesuda sobre su hombro.

—Vámonos —le advirtió.

Pero Erid se quedó quieto, intentaba todavía identificar a la persona de la foto. Samira se interpuso en su campo de visión, lo miró a los ojos.

—Para eso tendrás tiempo luego. ¡Ven! —. Lo empujó hacia afuera.

Juntos abandonaron el iglú. Hope esperaba frente a la entrada.

—¡Hope! —dijo Samira. La loba saltó—. Muéstranos el camino —. Parecía como si Hope asintiese. Olfateó en todas las direcciones, estornudó. Después aguzó sus orejas. Su oreja izquierda temblaba violentamente.

Luego, Hope partió con garbo, hacia el oeste.

—Me parece que la melodía me atrae al este —susurró Erid a Samira.

—¿Estás soñando todavía, Erid? —. Moviendo la cabeza puso un dedo sobre la boca—. Shh. Hope sabe a dónde nos lleva, solo nocesitamos seguirla.

Finalmente, él asintió y cogió la cesta. Hope andaba unos metros por delante; Erid se adaptó al paso de Samira.

Lentamente, el sol salía y el resplandor rojo brillante se volvió más débil con los rayos del astro rey. Así, como Hope los guiaba, parecía que se estaban alejando del resplandor, también la melodía se oía más baja.

Durante horas caminaron por una zona nevada sin vegetación. Samira se protegía los ojos con un pañuelo transparente del blanco paisaje reflectante. Erid entrecerró los ojos para que no le deslumbrase.

Luego apareció a lo lejos una sombra oscura en el orizonte. Podía ser una casa. Erid se quedó quieto, puso la mano delante de la frente como protección y miró más atentamente.

—¿Ves algo? Mis ojos ya no valen para nada, no reconozco nada.

—Creo que allí hay una casa —. Él señaló con la mano en la dirección.

—¿Puedes estimar la distancia?

—Dos, tres quilómetros —. De repente recibió un empujón en la pierna. Hope estaba junto a él y lo empujaba.

—¿Qué quieres? —. Se inclinó hacia ella.

La loba dio un salto y se alejó corriendo de él.

—¿A dónde quieres ir? ¡Vas en la dirección opuesta! —le gritó. Se volvió a Samira—. ¿Y ahora? La casa está frente a nosotros, sería un alojamiento protegido para la noche.

Ella le apretó el brazo.

—Confía en ella, Erid —. Después caminó dando zancadas hacia la loba.

Erid sacudió la cabeza, respiró profundamente, se quedó donde estaba y miró embobado la casa. Pronto recorrió su cuerpo un frío helado; comenzó a temblar.

Entonces se apresuró detrás de Samira.

—¡Esperadme! —. Ni ella ni Hope parecían haberlo escuchado—. ¡Parad! ¡No me dejéis atrás! —. Caminó deprisa por la nieve, hundido constantemente hasta mitad de la pantorrilla.

Parecía estar caminando en el sitio; no avanzaba y las dos frente a él se alejaban cada vez más. Agotado se dejó caer sobre la blanca superficie, cerró los ojos. Debido a un resplandor como un rayo que bailaba ante sus párpados se asustó. Al mismo tiempo divisó los contornos de la foto que colgaba de la pared en el iglú de Samira. Un calor sobrecogedor le invadió el cuerpo, le recubrió el corazón.

Lleno de esperanza se levantó y avanzó lentamente, con solemnidad, en dirección a las dos figuras que se hacían cada vez más pequeñas en el horizonte.

—¡No me rindo! —. Cerró las manos— ¡Ahora menos que nunca!

Cuando anocheció las había alcanzado. Samira estaba sentada junto a un fuego chisporroteante y Hope mordía un trozo de carne desecada. La loba solo levantó la mirada un segundo cuando él se acercó a ellas.

—¿Dónde te habías metido tanto tiempo? —Samira le tendió una taza.

El olor de un té de hierbas recién hecho le subió a la nariz. Sin responder él lo agarró agradecido, se sentó junto a ellas.

—¿Quién es la de la foto en tu iglú? —preguntó él.

11 de diciembre

Samira bajó la cabeza. Tiró al fuego la última rama que había recogido por el camino. Después carraspeó. La impaciencia se apoderó de Erid; para tranquilizarse acarició la cabeza de Hope.

Finalmente, Samira alzó la mirada. Su expresión facial reflejaba el esfuerzo que le costaba responderle. Ansioso, estaba pendiente de sus labios.

—Es mi nieta —. Sus ojos estaban llenos de lágrimas.

Erid tragó saliva.

—Pero...

Samira rechazó la interrupción con un movimiento de la mano.

—En las ciudades reinaban las sublevaciones, casi nadie tenía trabajo, en los bordillos se amontonaban inmundicias, la industría había contaminado el agua. La gente enfermó; innumerables murieron, deformados por una enfermedad peculiar. Mi marido, nuestra hija, su marido y Ariadne, mi nieta — juntos huimos de la ciudad. De buena fe deseamos encontrar refugio en los bosques y ser dejados en paz. Cavamos huecos en la tierra, vivíamos dentro. Pero siempre venían después de un tiempo, las figuras. Humanos contaminados.

»Por miedo a que nos contagiaran, cogimos lo que podíamos llevar. El resto lo dejamos atrás. Así perdíamos cada vez más parte de nuestras posesiones —. Bebió un sorbo de té.

Erid no pronunció ningún sonido, mecánicamente seguía acariciando a Hope. Sus músculos estaban tensos, recuerdos le venían a la cabeza. Pensamientos sobre su propia huida, sobre la dolorosa pérdida de Irin, su amor. Intentó ahuyentar las imágenes sacudiendo la cabeza.

Samira no le prestaba atención, miraba al fuego.

—Llegamos a un arroyo. Agua marrón verdosa fluía bajo nuestros pies. Las plantas de la orilla se habían muerto, no había vida. Peces muertos flotaban río abajo. Se nos había agotado la comida, no teníamos agua fresca. El invierno estaba al caer. «Tenemos que cruzar el río», dijo mi hija y buscó un sitio por el que pudiésemos cruzar. Nos topamos con un tronco de árbol tumbado transversalmente, el camino adecuado. Yo fui con Ariadne delante. Cuando habíamos alcanzado la otra orilla, siguió el resto de la familia. Caminaron por encima del tronco, se cogieron de las manos. De repente galoparon hacia nosotros figuras de la nada. Abrigados totalmente excepto los ojos, de los que goteaba un líquido amarillo. Emitían sonidos guturales. Grité, pero era demasiado tarde. Los humanos, malditos hasta morir, hicieron tambalear el tronco de árbol con pisadas. Mi hija me hizo una señal para alejarnos de allí. Después se hundió, junto con los dos hombres, en el río contaminado — Samira tenía las manos sobre la cara y lloraba quedamente.

—¿Y tu nieta?

Se encogió de hombros.

—No la he vuelto a ver desde entonces.

Erid se acuclilló junto a ella, le tocó suavemente el hombro.

—Lo siento —susurró él.

Ella alzó la mirada.

—Tú también has perdido a alguien, ¿verdad?

Erid se estremeció.

—¿Puedes ver en mi interior?

—No en tu interior, sino en el de la estrella de la esperanza. Te digo que algo se mueve dentro. Es una mujer, preciosa, envuelta en ropas de colores. Sus brazos están extendidos, intenta...

—¡Para! —Erid saltó y se tapó los oídos. Se alejó un trecho del campamento. Hope estaba en seguida a su lado.

Erid se dejó caer en la nieve, la golpeó con los puños, gritó:

—Yo no la quería dejar atrás. Paralizado de terror estaba allí. Gritando ayuda, extendía los brazos en mi dirección. Irin estaba tumbada en el suelo, las figuras la arrastraban de sus piernas cada vez más lejos de mí. Luego la escuché gritar: «¡Corre, Erid, corre y no abandones nunca la esperanza!». Como si fuese una orden, me di la vuelta y huí de allí, sin mirar atrás. Ya estaba alejado, entonces oí un último grito desgarrador. Luego había un silencio sepulcral. Pero no me paré, corrí hasta que me dolían los pulmones, hasta que mis piernas no podían llevarme. — Días después encontré la cueva en la que viví tres años. Con miedo, a cada uno de mis pasos, de que ellos me encontrasen —. Agotado se desplomó. Hope se tumbó sobre su cuerpo y lo calentó.

Samira contemplaba el fuego.

—No tengas miedo, Erid, encontrarás tu cura.

Las extremidades de Erid dolían cuando se despertó al final de la mañana. El sol estaba alto en el cielo. Hope le lamió la mejilla. Él se levantó, se puso la mano delante de los ojos y miró a su alrededor.

¿Qué había pasado por la noche? Parecía como si la nieve se disolviese lentamente, como si se volviese agua.

—¡Samira, despierta! —. Le sacudió el brazo.

—¿Qué pasa, chico? —. Ella se apoyó sobre sus codos.

—¡La nieve se derrite! —Erid corrió un trecho y giró en círculo para examinar en todas las direcciones.

—¡Eso es muy normal! —gritó Samira y le hizo señas para se acercara—. Siéntate. Todavía te queda mucho que aprender en tu vida. ¿Te acuerdas de nuestra conversación de anoche?

Él asintió.

—Ambos hemos dicho al fin lo que nos ha inquietado durante tanto tiempo. Antes no había nadie con quien pudiésemos compartir nuestro dolor. Algo se ha reventado en nosotros. Y ahora mira con cuidado al cielo. El sol resplandece brillante, se ha abierto camino entre las nubes. Un buen día para nosotros para caminar. Lo mejor es que nos vayamos ahora mismo.

Diligente comenzó a reunir sus cosas. Erid la ayudó y poco tiempo después se pusieron en marcha.

La casa entró de nuevo al alcance de la vista y Erid se quedó quieto.

—¡Mira! —. Alargó el brazo en la dirección—. Estamos cerca. Vamos allí —. Se puso en movimiento. Hope ladró. Erid se giró para mirarla—. A lo mejor hay algo en la casa que podamos necesitar.

Hope rechinó los dientes

—¡Hope, ven! —. Se palmeó la pierna con la mano. Pero la loba no le obedeció—. Samira, quédate tú aquí con Hope, yo voy e investigo.

—Muchacho, confía en Hope. Ella...

Erid hizo un gesto negativo con la mano y caminó con paso firme alejándose de allí.

Cuando se acercó a la casa, el frío le invadió. De repente apareció en el paraje muerto de nuevo una zarza ardiente.

—¡No sigas! —Erid escuchó la voz con la que ya se había topado antes. Se quedó quieto.

—Quiero mirar si hay comida —dijo él.

—Encontrarás sufrimiento, confía en el instinto de tu loba —. La zarza se apagó y desapareció del campo de visión de Erid.

La puerta de entrada se movió. Lentamente se abrió y aparecieron unas manos cubiertas de piel.

El corazón de Erid se detuvo. Rápido como un rayo se dio a la fuga, regresó corriendo hacia Samira. Detrás de él escuchó tonos graves y entre medias un aullido de lobo. De repente aparecieron lobos desde todas las direcciones. Se giró. Los animales se precipitaban a sus perseguidores.

Erid recuperó el aliento de nuevo solo cuando alcanzó a Samira y a Hope. Se acuclillaron detrás de una roca y observaron a los lobos. Pronto desaparecieron tan rápido como habían llegado. Hope aulló, después se hizo el silencio. La casa en la lejanía ardía en llamas.

—¡Espero que hayas aprendido de esto! —dijo Samira.

—Esta ha sido la última vez que no he confiado en ti, Hope —. Le acarició el pelaje.

El sol quemaba cuando continuaron su camino. Erid se quitó su chaqueta. Ayudó a Samira a quitarse parte de sus ropas y llevó sus pertenencias. El viaje continuaba, acompañado de la dulce melodía. Hope corrió hacia una montaña.

12 de diciembre

Erid caminaba pesadamente detrás de Samira, que marchaba con pasos regulares sobre las huellas de la loba. Como una pesadilla, el día anterior yacía en el alma de Erid. El manicomio con los monstruos cubiertas de piel, la zarza ardiente y la manada de lobos lo perseguían en sus pensamientos.

Y la crónica de la ventura de Samira repercutía en él; también su propio desastre estaba de nuevo presente. La huida de la ciudad destruida, el grito de la amada, después de que él la hubiese dejado atrás en las garras de los monstruos. El silencio sepulcral después. El Réquiem de Mozart se instaló en su cabeza. Él se resistía. ¿Quién decía que Irin estaba muerta?

Como una canción de amor sonó de repente sobre él la dulce melodía de la añoranza. Miró hacia arriba. El cielo se arqueaba como una cúpula azul sobre el mundo. En algún lugar estaba Irin. Los años no se la habían tragado. Ella era inteligente y fuerte. Seguro que había engañado a sus enemigos. Quizás oyese ella en este momento la misma melodía.

Él agarró la cinta de cuero en su bosillo en la que la loba había llevado en un principio la estrella de la esperanza. Hope, que le había regalado de nuevo, tras mucho tiempo, con su cariño un sentimiento de vida. ¿Hubiese sobrevivido ella la lesión grave sin él? ¿Hubiese tenido él sin ella el valor de abandonar alguna vez el búnker de tierra? También por el bien de Hope él no podía rendirse, tenía que seguir, siempre adelante.

¿Y la anciana mujer ante él? Su espalda estaba encorvada, pero sus pasos eran fuertes. ¿De dónde cogía esa fuerza? Desde que él conocía su suerte tenía claro que era lo mismo que lo empujaba a él hacia delante: amor. También Samira tenía la esperanza de volver a ver a un ser querido. También ella había tenido el valor de abandonar su pequeño y seguro refugio.

Pero ella tenía capacidades que él no se podía explicar. Ella veía más que él. ¿Estribaba solamente en la sabiduría de la vejez? ¿Qué había descubierto ella en el interior de la estrella de la esperanza que él no había reconocido? ¿A qué se había referido con la misteriosa pista de una pareja de la estrella de la esperanza? ¿Por qué ella no había caído en la tentación de entrar en la casa ayer? ¿Qué, en definitiva, le daba a Samira la inquebrantable certidumbre de que la loba encontraría el camino correcto?

El sendero sobre la amplia llanura conducía a un bosque que se extendía por la mitad inferior de una montaña cónica. Encima de los árboles estaban las piedras rojas y doradas en el sol como una rosaleda de piedra.

Erid decidió recolectar leña para que por la tarde chisporrotease un buen fuego en una cueva de rocas protegida. Tres amigos se sentarían, mirarían las llamas, prepararían té de hierbas, sacarían nueces y otras provisiones y tendrían una conversación en voz baja. Durante toda la noche estarían calentitos. Él sacó el cinturón de cuero de la bolsa y lo desenrolló. Con él ataría el montón de leña para poder subirlo mejor a la montaña.

De repente no se le hacía tan pesado el caminar. Había adoptado el ritmo de paso de Samira.

13 de diciembre

Después de una larga caminata, en dirección del rojo resplandor, encontraron por fin un lugar adecuado para pasar la noche y se acomodaron.

El fuego ardía. Erid estaba tumbado sobre algunas ramas de abetos sin pinchos, la cabeza apoyada sobre el brazo. Samira empujó una rama más profundamente al fuego e inmediatamente saltaron chispas crepitantes en el cielo nocturno cubierto de nubes. El calor se agarraba en las paredes de roca de alrededor, envolvía a Erid y lo dejaba cada vez más amodorrado. Habían comido poco, pero el té de hierbas les llenaba por lo menos el estómago.

Hope estaba tumbada algo alejada y vigilaba con las orejas puntiagudas y atentas el campamento. Erid admiraba a Samira, que estaba sentada tan tranquila y sosegada y ahora entrelazaba con sus ágiles dedos pequeñas raíces en las partes rotas de sus zapatos de nieve. Tarareaba una melodía que parecía fluir armónicamente junto con los sonidos del cielo. A Erid se le cerraron los ojos. Imágenes flotaban en su cabeza, se mezclaban con fragmentos de sonido y lo dejaban escurrirse suavemente en el reino de los sueños.

Una risa de campana sonó y una revoloteante bola de colores se ralentizaba en una mujer delgada con un vestido de telas multicolores. Delante de él bailaba Irin, con pies ágiles, grácil, riendo.

—Ven conmigo, querido —gritó y sus ojos brillaban de alegría—. ¡Te regalo confianza! —. Alargó la mano hacia Erid. Él quería cogerla, pero no la alcanzó. De nuevo, ella rió y giró bailando en círculo. La estrella roja en su colgante de cuero centelleó. De repente se difuminaron los contornos de Irin, su apariencia cambió.

—¡Irin, quédate! —quiso gritar Erid, pero ningún sonido abandonó sus labios. La bailarina ya no era Irin. Erid vio una mujer joven desconocida con pelo largo oscuro. Sus resplandecientes ojos le parecían curiosamente conocidos y entonces rió ella también.

Era la risa de Samira.

—¡Erid! ¡Despierta! —. Samira le sacudía bruscamente el hombro—. ¡Shh! Silencio —murmuró ella cuando él abrió los ojos de mala gana y empezó a refunfuñar. Samira miró a su alrededor comprobando, y escuchaba. Alarmado, Erid se enderezó.

—¿Dónde está Hope?

—Acaba de marcharse. Me desperté porque gruñía —. Samira parecía preocupada—. Se ha comportado de forma extraña. Al principio ha observado la linde del bosque. Después ha venteado algo, ha gemido y ha empezado a mover el rabo. ¡Justo después se ha marchado!

—¡Tengo que encontrarla de nuevo! —. Con la espalda rígida, Erid se puso en pie—. ¡Joder, qué oscuro! —. Agarró una rama gruesa cuyo largo fin sobresalía del fuego del campamento—. Samira, quédate aquí. ¡Enseguida vuelvo! Ojalá esté todavía cerca.

—¡Ten cuidado! —advirtió Samira, pero no opuso resistencia.

Erid abandonó el amplio espacio entre las rocas y se adentró en la oscuridad con los sentidos bien despiertos. Una terrible helada lo rodeaba y su respiración se congeló en el aire sin viento en cristales blancos. La antorcha iluminaba sus pasos inseguros y él escuchaba tenso. Solo el crujir de la nieve bajo sus pies.

Atemorizado se asustó cuando Hope aulló de repente. Sonaba muy cerca, exigente; y un suave gemido que sonaba cariñoso se entrometió.

—¡Hope! ¡Voy hacia ti! —. Erid corrió. ¡Hope parecía haber encontrado algo conocido! ¿Cómo demonios era posible, en mitad de la noche, en esa helada naturaleza salvaje?

14 de diciembre

Erid corrió montaña abajo, tropezó con un bajío y se cayó. Dejó caer la antorcha para no quemarse. En ello se raspó la rodilla derecha y las manos. Maldiciendo se levantó y se pasó con las manos doloridas por la chaqueta. La antorcha estaba un par de pasos delante de él; anduvo a tientas hacia delante. El fuego estaba encendido pero sin arder, cuando alzó la rama. Protegiéndolo, levantó su mano delante de la llama. Justo después ardía de nuevo con fuerza.

—¡Hope! —. No obtuvo respuesta.

Corrió en la dirección desde la que la había oído aullar; mientras tanto alumbraba el suelo con la antorcha lo mejor que podía. No podía muy bien; la llama se atenuó. ¿Quizá lo mejor sería volver? La calma del viento lo asustaba. Sentía cómo la presión crecía en su pecho.

Algo cálido se frotó contra sus piernas.

—Hope, ¿dónde estabas? —. Acarició a la loba. Hope agarró su chaqueta y lo arrastró hacia delante, entre árboles con ramas bajas. Erid se arañó la cara, pero la siguió por la preocupación de perder de nuevo a Hope.

Delante de un pequeño agujero en la tierra, Hope se quedó quieta. Erid alumbró dentro, pero no podía reconocer nada en la escasa luz.

—¿Qué quieres mostrarme? —. Acarició la oreja de Hope.

En la lejanía, la luz roja estaba tranquila en el cielo. Al mismo tiempo sonó la melodía. Y él pudo respirar libremente de nuevo.

Un bajo gemido le hizo mirar hacia abajo. Dos lobos jóvenes jugueteaban alrededor de Hope, le mordían en su flanco y en su oreja. Ella lo permitía tranquila; cuando le pareció demasiado, se retiró.

La suave melodía se convirtió en un crescendo ensordecedor. Erid se tapó los oídos. El rojo horizonte se tiñó primero violeta, luego gris azufre.

—Hope, tenemos que volver —. Erid corrió todo lo rápido que permitía la tierra irregular. Pero la presión en su pecho creció de nuevo. Respirando con esfuerzo buscó el camino entre las rocas. Después se apagó su antorcha.

Hope pasó corriendo a su lado. Lanzó un aullido, saltó hacia delante, se quedó quieta; después esperó hasta que Erid y los cachorros la habían superado y volvió a correr a la cabeza.

Viento surgió; se volvía cada vez más fuerte, se convirtió en tormenta. Con la cabeza gacha, Erid se oponía a ella. Cuando miró una vez hacia arriba, vio, entre las paredes de la montaña, una luz que brillaba. Samira había encendido un fuego en la entrada del desfiladero para mostrarle el camino. Agradecido, él corrió hacia allí.

Un rayo cayó en un árbol seco a su lado. En un abrir y cerrar de ojos ardían llamas en el cielo e iluminaban su camino. Con un crujido siguió el trueno. Erid se estremeció. Los lobos se arrimaron gimiendo a él.

—Venid, en seguida estamos a salvo —envalentonándose a sí mismo y a ellos.

Rayos centelleaban en el cielo. Después empezó a nevar. La nieve ardía en sus ojos y le robó la vista. Hope lo arrastró los últimos pasos hacia delante hasta el desfiladero.

Agotado y empapado se sentó junto al fuego.

Samira apilaba madera debajo de un saledizo de rocas y encendió allí un nuevo fuego. Después colgó una cazuela llena de nieve sobre las llamas.

15 de diciembre

El viento trajo una pared de nieve hacia ellos; se enredaba entre las rocas individuales debajo de la entrada y formaba torres blancas cada vez más altas. Cuando la primera se deslizó hacia el lateral, creó una ancha barrera entre ellos y el valle: en ella, el viento descargaba sus cargas de nieve. Después, el trueno de la tormenta fue acallado por el rugido de una avalancha que se desprendía de una de las pendientes con gran estrépito. La tormenta de nieve les bloqueaba la vista al espectáculo.

Pero Erid sabía cómo se veía ahora allí; cogió dos ramas del fuego que se acababan de tiznar. Ellos estarían atrapados aquí durante días, sin suministros de madera y alimentos.

—No lo atravesaremos nunca —. La loba, debajo de cuya tripa estaban escondidos los cachorros, buscando refugio, se alzó y giró las orejas hacia él cuando empezó a hablar—. Y vosotros tres todavía menos.

Una fuerte ráfaga aplastó la llama hundida completamente y por un momento parecía que se apagaba.

—Ahorras en el lugar equivocado —. Samira se levantó sorprendemente ágil y se puso con la capa extendida entre el viento y el fuego.

Bajo su mirada de desaprobación, él empujó las ramas de nuevo en las brasas.

—Tenemos que ahorrar —refunfuñó él aún así.

—Por la noche hará el frío suficiente como para que nos lleve la manta de nieve —explicó ella—. Ahora dormimos y mañana temprano nos vamos —. Ella arrastró una gruesa rama de la entrada de la cueva y la empujó al fuego.

El final, húmedo por la nieve fresca, empezó a echar humo y le provocó a Erid lágrimas en los ojos. La mitad más seca de la rama ardía como la yesca y le lanzó una caliente llamarada.

—¡Samira! —. Él saltó; humo y calor lo enfadaban de igual manera—. ¿Tienen que morirse aquí Hope y los pequeños?

Ella lo examinó de arriba abajo, después se giró y se adentró en el barranco. Desde allí crujía y traqueteaba; más tiempo del necesario para desenvolver hierbas y tazas.

Samira preparó el té, le lanzó a Hope un trozo de pan y se sentó después junto a la loba.

—¿Crees que tienen una posibilidad mayor de sobrevivir si nos quedamos aquí con ellos? —. Ella acarició la cabeza de Hope—. Quizá, si ella nos come.

Erid maldijo; después anduvo a tientas hasta el próximo saliente y se enrolló en sus pieles. El rugido de la tormenta le recordaba a noches bajo la lona de una tienda de campaña, sobre la que la lluvia golpeteaba, mientras él se sentía protegido en los brazos de cualquier chica.

Erid se despertó por el ladrido de la loba. Los cachorros se peleaban con ella en la resplandeciente luz del sol.

Samira estaba sentada en el mismo lugar que por la tarde. Él no se atrevió a preguntar si ella se había quedado sentada allí toda la noche. Cuando él apartó las pieles a un lado, ella fue al borde de la pendiente, echó nieve con sus manos a la cazuela y la colgó de nuevo sobre el fuego.

No solo allí se derretía la nieve; humedad se filtraba también por los cantos de las rocas de alrededor. Donde goteaba de las rocas en la superficie blanca ante ellos, se habían formado finas marcas en los ventisqueros. En muchos lugares la nieve se había derrumbado un poco, pero no lo suficiente. Era ridículo atreverse a bajar.

—No lo atravesaremos —repitió él—. Hasta la tarde no se derrite la barrera.

—No por ahí —Samira entonó el acento de los adultos pacientes con un niño obstinado—. Pasamos por encima.

—¡Estás loca!

La cara de Samira se quedó inmóvil, como si no hubiese escuchado sus palabras.

—Tú llevarás los cachorros.

Se clavaron la mirada a través del fuego, hasta que Hope llamó su atención lloriqueando. Como si pudiese leer los pensamientos de las personas. Erid se agachó y hundió su cara en el pelaje caliente.

—Lo hueles, ¿no es cierto? Nosotros los humanos olemos de manera distinta cuando estamos furiosos.

Hope se lo sacudió con un movimiento de cabeza y lanzó un sonido lloriqueante; los cachorros se precipitaron sobre ella.

—Me parece que no cuento más —. Erid apretó la comisura de los labios y caminó pesadamente hacia las rocas, donde empezaba el banco de nieve. Orientándose con ellas había intentado estimar la altura. Se había equivocado enormemente; desde arriba, la barrera no parecía ni la mitad de poderosa como en realidad era. Como si estuviese en una playa y una ola gigantesca viniese hacia él. La ola se derrumbaría irremediablemente sobre ellos si intentaban atravesarla por aquí.

El viento le llevó el olor de bacon frito. Samira, allí arriba, cocía y freía incansable, como si planease una comida festiva. Más bien sería su última.

Furioso, Erid pateó una de las rocas; la mitad de la nieve suelta se escurrió hacia abajo y se colmó en su pie. Con una maldición volvió pesadamente.

16 de diciembre

Malhumorado, Erid se dejó caer junto al fuego y observó las brasas. En la cacerola se tostaba el bacon.

—Te dejas desanimar demasiado rápido —dijo Samira—. Viene un poco de nieve y caes en la mayor desesperación. ¡Así matas la esperanza! —. Samira pinchó enérgicamente en una tira de bacon que chisporroteaba.

Erid lanzó una rápida mirada a Hope, que lo miraba fijamente con sus inteligentes ojos y no se preocupaba por los cachorros, que merodeaban alrededor de Samira y olfateando se acercaban al bacon en el fuego.

Erid escondió la cara en sus manos; suspiró y se pasó la mano por el pelo revuelto.

—¿Qué, Samira? Dime, ¿qué debo hacer?

—Búscate una meta. Haz planes y piensa cómo quieres proceder. Mantén ocupado a tu espíritu con alegres vistas a lo que viene. Eso alimenta la esperanza —. Cogió los dos trozos grandes de corteza de abedul que había cogido de un árbol muerto, echó un par de migas al suelo y puso encima el bacon frito, que olía maravillosamente.

—¡Esperanza! —expulsó Erid— ¿Esperanza de qué? ¡En este mundo destruido solo queda la expectativa a la muerte!

Samira soltó una carcajada; sonaba divertida. Le alcanzó a Erid el desayuno.

—¡Cada vida comienza con la expectativa a la muerte! No importa nada cómo son las circunstancias —. Ella agarró su mano—. No me digas que la muerte viene. ¡Mejor dime lo que quieres hacer antes de eso con tu vida!

La mano de Samira lo calentaba y finalmente él se atrevió a mirarla a los ojos.

¡Sin ella él estaría perdido! Pero en la gratitud hacia ella se mezclaba en el siguiente instante un ligero sentido de vergüenza: incluso estando con ella se comportaba como si estuviese perdido.

Agachó la mirada. Había pasado días con Samira, la había observado en su apacible serenidad, se había dejado contagiar de su optimismo y percibido el maravilloso sentimiento de la esperanza y de una nueva fortaleza interna propia. Y ahora él se comportaba como si escupiese en ese regalo y lo pisotease en la suciedad. Había llegado el momento de que dejase de bañarse en autocompasión.

—Tienes razón, Samira. Por favor, ayúdame a encontrar una meta. Sabes, antes tenía muchas metas y la vida yacía como una alfombra colorida ante mí que solo esperaba a que Irin y yo tejiésemos en ella nuevos colores. Cuando sucedió la catástrofe, perdí mis metas, pero tenía a Irin y la esperanza de una nueva felicidad. Pero no ha quedado nada de eso.

Samira lo escuchaba con atención.

—Mira este bacon —. Entretanto se había quedado frío en el plato de corteza—. Y dime qué significa para ti.

Erid se sorprendió.

—¿A qué te refieres?

—Míralo. Utiliza tus sentidos. ¿Qué ves, qué hueles, qué sientes?

Erid observó sus tiras de bacon y aspiró el aroma a frito. Se le hizo la boca agua y su estómago rugió. De pronto, todo estaba claro para él. Liberado soltó una carcajada.

—¡Samira! ¡Todo está bien! Quiero decir: ¡Ahora, en este momento está todo bien, así como es! No hay pasado, solo recuerdos. No hay futuro, solo nuestras especulaciones sobre él.

Samira sonrió con reconocimeinto, pero él todavía no había terminado.

—¡No depende de cómo es en realidad, depende de cómo nos enfrentamos a ello! Depende de por qué sentimientos me decido. ¡No quiero más autocompasión! ¡Quiero seguir adelante y costruirme el futuro, así como me lo imagino! Encontraré a Irin, si todavía sigue viva... o a otra mujer joven que también merezca como Irin que la quiera y que le dé un hogar. Tú, Samira, me lo has mostrado: nosotros mismos somos el hogar, viviendo con amor, seguridad y alegría. Ahora, en este instante.

Él saltó y la miró radiante.

—¿Cuándo nos vamos? ¡Nada puede ya detenerme! Avanzaremos hacia la luz y Hope, nuestra esperanza, nos guiará. ¡Así como ha encontrado a los cachorros, encontraremos a otras personas! ¡Empezaremos de cero, formaremos una comunidad fuerte y esta vez la basaremos en la verdad en vez de en hipocresía!

Él se sorprendió. Verdad e hipocresía. ¿De dónde venían esos pensamientos? Sacudió la cabeza. Qué más da. Le gustaban. Miró radiante a Samira y saltó sobre los dedos de los pies como cuando niño el día de navidad, cuando la ilusión por los regalos le desbordaba. ¡Una energía fluía por su cuerpo, tan poderosa, que apenas podía esperar a enseñárselo a la nieve de ahí fuera!

—Samira, quizá podríamos encontrar una planta curativa para los infectados o un tipo de protección para los no infectados. ¡Seguro que hay posibilidad de curación!

Samira asintió.

—Posibilidad de curación —. Sonrió—. Eso me gusta más que la expectativa a la muerte. ¡Pero ahora cómete el bacon de una vez!

17 de diciembrer

Partieron. Hope empujaba de vez en cuando a los cachorros; aullaba cuando se ensimismaban jugando entre ellos. Mientras los animales corrían gráciles por las tablas de nieve, Erid y Samira daban cada paso solo después de un examen minucioso. Los zapatos de nieve con las grandes suelas impedían que se hundiesen, pero en caso de que una tabla de nieve se quebrase en su conjunto, ellos serían arrastrados con ella y llegarían aplastados al valle. Precisamente por este motivo, Samira mantenía una gran distancia con él.

—Es mejor así —había dicho—, así no nos toca a los dos.

Erid resopló.

—¡Tienes un humor dorado! —. Pero podía sacar una sonrisita con eso.

Se acercaron al rojo resplandor. Parecía como si estuviese delante de ellos en una hondonada, ya no tan alejado en el horizonte.

—Ya te pillamos —gritó Erid, sin aliento por el viento helado. Ese momento de distracción le arrastró los pies, cayó sobre el trasero y empezó a resbalar—. ¡Samira!

Ella estaba muchos metros alejada de él y él se precipitó sin salvación montaña abajo. Se echó a un lado, logró apoyarse en la tripa y clavó las manos en la capa de nieve helada. En vano. De repente, Hope corría a su lado y lo agarraba con labios goteantes de su manga. Pero el rapidísmo descenso continuó; la loba se dejó arrastrarse sobre las cuatro patas, no lo soltó.

El peso de Hope giró el cuerpo de Erid; él seguía deslizándose a toda velocidad con la cabeza hacia delante. En algún momento, Hope lo soltó, pero se quedó a su lado. Se deslizaron hacia abajo hasta dentro de la zona arbolada; por fin se volvió más llano. Entre pinos negros, Erid y Hope se quedaron tumbados.

Erid alargó la mano hacia Hope, la palpó, luego a sí mismo — los huesos se habían quedado intactos. Pero cada centímetro de su cuerpo dolía. Hope se agitó y se levantó de un salto. Gimiendo, Erid se giró boca arriba, se puso a cuatro patas y se aupó. Sus piernas temblaban. Los zapatos de nieve colgaban hechos trizas en sus cordones en torno a las botas. Miró a lo alto de la colina: Samira y los cachorros se hacían despacio un camino hacia ellos.

—¿Todo bien? —preguntó Samira, cuando finalmente llegó abajo.

—Eso parece, pero no me siento así. ¡Qué daría yo por una visita a la sauna!

Ahora no estaba tan empinado y avanzaron a buen paso en la zona arbolada. Entre los árboles había además solo un poco de nieve, el camino no estaba congelado. Al mediodía estaban en el borde de un desfiladero. Había por lo menos cien metros de pendiente hacia abajo.

Los cachorros gimoteaban y temblaban de frío. Hope se tumbó y los pequeños se arrastraron hacia ella, se recostaron contra su piel.

—Esto se acabó —rechinó Erid entre dientes.

—Ahora tendría que ocurrir un milagro —. Samira suspiró.

—Pausa —. Erid recolectaba madera.

Samira atizó un fuego. Se acuclillaron en una rama que estaba en el suelo y reflexionaron juntos sobre cómo podían llegar al desfiladero. La vejiga de Erid le presionaba, fue por el borde del precipicio para aliviarse; ahí eso lo lanzó al suelo de sorpresa: al otro lado del desfiladero latía la luz rojiza; pero el bosque estaba entre él y la luz y le bloqueaba la vista de su fuente.

Se apresuró de vuelta.

—¡Samira, nos hemos acercado al resplandor!

En ese momento sonó también de nuevo la dulce melodía, fuerte y clara.

—Y la canción ha vuelto.

Durante un segundo, ella lo miró perpleja; después se golpeteó en la sien.

—Erid, conserva tu razón.

—¿Por qué diablos tú no lo oyes?

Ella ignoró su pregunta.

—¿Cómo atravesamos este desfiladero?

18 de diciembre

Hope alzó la cabeza y aguzó las orejas. Bostezó, estiró las patas delanteras, se desperezó y se levantó. Cuando miró después a Erid, había en sus ojos una expresión peculiar: misteriosa, brillante.

Erid se enredó en su mirada y se sumergió profundamente. También él se levantó.

—¿A dónde quieres ir ahora? —. Samira dejó a un lado el vaso, desconcertada.

Los cachorros gemían; ella se alargó hacia ellos y los deslizó debajo de su falda para calentarlos.

—¿A dónde quieres ir? —repitió en un tono más estricto.

Erid no respondió; ni siquiera él mismo lo sabía.

Lentamente, Hope caminaba en dirección al barranco y se giraba siempre para mirarlo; como hipnotizado, él la seguía. A donde quiera que Hope lo llevase, ahora él confiaba en ella. La melodía subió de volumen y se volvía más apremiante cuanto más se acercaba al abismo. ¿Qué quería mostrarle Hope?

—Por aquí no continúa el camino —. Erid se quedó quieto. La loba se deslizó a su lado y lo empujó más a la derecha—. ¿Quieres tirarme por el barranco? —. Indignado, Erid se agarró fuertemente con las piernas al suelo resbaladizo. Un solo paso en falso y caería irremediablemente en el vacío. Pero Hope no cedía, golpeaba a Erid con el hocico, lo empujaba paso a paso hacia el lado.

—¿Qué quieres mostrarme? —. La tozudez de la loba lo asombraba.

Él tropezó; por poco no se había caído en una de las rocas escondidas por la nieve. En el último momento impidió su caída en el barranco dejándose caer hacia atrás y agarrando una raíz de un árbol.

—Esta vez me ha salido bien —. Se enderezó.

Hope lo oteaba desde detrás de un saliente de roca y emitía peculiares sonidos gorjeantes.

—¿Qué pasa?

De nuevo empezaron a brillar los ojos de la loba, lo atraían hacia sí. Metió el hocico en la nieve y empezó a arañar con una pata delantera al pie de la roca.

—¿Quieres desenterrar la piedra? —. Erid la observaba—. ¿Qué significa esto? No nos va a ayudar.

De repente, algo brilló en el agujero, en un tono azul saturado. Erid se agachó hacia la loba, agarró dentro del agujero, apartó con ambas manos el suelo revuelto y sacó... una estrella azul.

—¡Dios mío! —. Devoto observó el hallazgo—. ¿Es esta la legendaria pareja de la Estrella de la Esperanza? — ¿La Estrella de la Confianza?—. Con cuidado retiró los granos de tierra y pulió la superficie. Luego alzó la estrella en lo alto, de modo que la luz se pudiese reflejar en ella. En el mismo momento, la melodía se volvió más fuerte y más intensa. Parecía brotar de la estrella y hacer eco en el barranco.

—Como en una catedral —. Conmovido se acordó de su infancia, cuando de niño oía con sus padres el coro en la iglesia y escuchaba la música del órgano.

—Confianza —. Erid estaba aturdido al borde del barranco. ¿No había sentido antes algo como confianza, cuando había seguido ciegamente a la loba? ¿Un sentimiento de estar seguro? ¿De no tener más miedo?

La luz roja detrás del bosque relucía en el cristal de la estrella azul, se reflejaba y brillaba debajo de Erid hasta el fondo del barranco. Erid siguió el rayo con la mirada, pero no se atrevía a inclinarse. Con cuidado se arrodilló, después se tumbó por si acaso sobre su tripa, se arrastró un poco hacia delante y miró en el barranco.

—¡Me voy a volver loco! —. ¿Qué había dicho antes Samira? «Ahora tendría que ocurrir un milagro». Él, Erid, había encontrado el milagro. Una escalera de cuerda robusta llegaba hasta el final de las empinadas rocas, allí abajo ante el bosque. Solo necesitaban descender por ella para llegar a la luz.

—¿Pero qué hacemos contigo? —. Pensativo miró a Hope—. Una loba no puede subir a una escalera.

Hope inclinó la cabeza a un lado, gimió un par de veces y corrió de vuelta al fuego del campamento.

—Tenemos que pedir consejo a Samira —. Con un suspiro se enderezó y siguió a la loba.

49

19 de diciembre

Samira estaba acuclillada junto al fuego y se frotaba las manos enrojecidas por el frío. Las llamas hacían brillar su cara en un tono dorado cálido; qué hermosa tenía que haber sido antaño.

Cuando él se acercó a Samira con Hope, su falda se movió. Dos hocicos oscuros aparecieron; los cachorros empezaron a gemir de alegría. Hope dio un salto hacia ellos, los empujó ligeramente y los cachorros reptaron hacia fuera. Locos de alegría brincaron encima de Hope y le mordieron en la cola y en el cuello. La loba se colocó cerca del fuego y lo aguantaba.

—¿Dónde estabas? —. Samira miraba fijamente a Erid con ojos preocupados. Justo después se alisaron sus facciones—. La has encontrado, ¿no es verdad?

Erid le alargó la mano y la luz azul de la piedra se tendió como una manta que calentaba sobre su campamento. Samira agarró con mano temblorosa la estrella y la presionó fuertemente contra el lado izquierdo de su pecho.

—¡Hope, ven a mí!

La loba se alzó sin dudarlo y se tumbó gimiendo levemente a los pies de Samira. Samira deshizo el nudo del cordón alrededor del cuello de Hope y le quitó la Estrella de la Esperanza.

¿Qué planeaba? Erid no podía explicárselo. Pero algo le detenía para preguntárselo.

Samira dejó ambas estrellas en una mano, la otra encima y las alzó al cielo. Murmuró algo que él no entendió.

Un escalofrío helado le recorrío la espalda a Erid. Ya no estaban solos. Un zumbido grave resonó tras él y una molesta putrefacción le llegó a la nariz.

—¡Samira! —susurró él, pero Samira no lo oía.

En trance, ella había subido las manos, miraba al cielo y parecía esperar a algo. El moho se acercó y calentó el cuello de Erid. Su garganta se cerró y él se ahogó.

Samira no reparó en nada de esto. Su voz se volvió más fuerte, urgente, y de repente su puño empezó a brillar. Abrió las manos y una deslumbrante luz clara aclaró el cielo.

Con los ojos abiertos como platos, Erid observaba el brillo, que tomó la forma de un corazón y desapareció después en las manos de Samira. En el mismo instante se volatilizó la putrefacción y de nuevo se quedaron solos.

—Samira, ¿qué ha sido es? —. Titubeante, Erid se acercó.

—Ahora están unidos.

20 de diciembre

—Samira, ¿qué has hecho? —balbuceó Erid.

Samira miró a través de él. Los ojos claros perdieron su brillo. Al mismo tiempo pareció que ella se sumergiera en sí misma, incluso que se colapsara. Su expresión facial era sin embargo totalmente tranquila y satisfecha.

A Erid le invadió un miedo intenso. Durante semanas habían corrido detrás de la esperanza, habían encontrado la confianza — él había encontrado la confianza, ¿pero para qué? ¿Un momento lleno de brillo y todo se deshacía en moho?

¿Qué significaba el olor?

—Samira, ¿quiénes están unidos?

—Ya sabes a quién he buscado.

—¡Pero de qué sirve que tu nieta esté unida con los monstruos! Incluso si ella puede estar con sus padres, ¡tú has regalado la fuerza de las estrellas! —. De pronto, Erid lo vio claro. Eso significaba el moho: ¡ellos no solo intentaban contagiar a todos los humanos, si no explotar la esperanza y la confianza para sus objetivos!

—Samira, coge las piedras, cógelas otra vez.

—Ya es tarde, Erid —susurró Samira. Hope le dio un toque, olisqueó entonces las estrellas, que estaban justo en el medio entre Samira y Erid.

—Tienes que intentarlo. ¡Escucha! —. La melodía de la añoranza sonó suave y difusa en la lejanía. Pero no como las otras veces desde una única dirección, sino del norte, del sur, del oeste, del este, del cielo, de la tierra emergían los queridos tonos. Como si el aire estuviese formado solamente por sonidos vibrantes. Pero Samira lo miró sin entender; como siempre, cuando él hablaba de la música.

—No, querido, mi tiempo se ha acabado. Mi objetivo alcanzado. Ve tú a la escalera de cuerda, llévate a Hope y a los cachorros, yo me quedaré. Depende de ti.

—¡No puedes exigirme eso! —. Erid tragó saliva: ¿de dónde sabía ella de la escalera de cuerda? Él no le había contado nada.

Samira sonrió.

—La he visto en la estrella. Para ese camino soy demasiado vieja, tienes que continuar solo —. Se inclinó sobre Hope y sumergió su cara en el pelaje de la loba. Cuando se enderezó de nuevo, sus ojos brillaban húmedos.

Ella desmigajó hierbas en la cacerola, que ya colgaba con agua hirviendo encima del fuego. La puso a un lado y sacó del fondo de la cesta un puñado de nueces.

—Deberíamos coger fuerzas. Mañana va a ser un día duro.

21 de diciembre

Erid se despertó, congelado, temprano por la mañana. El fuego se había apagado. Escarbó en las cenizas y encontró alguna brasa que encendió soplando. En la llama que se avivaba metió moho seco y cuando este prendió, dejó ramas finas encima. Mientras tanto, Samira se había levantado y había recogido nieve en su cazuela, que luego derritió encima del fuego.

La conversación del día anterior afligía a Erid. Comieron y bebieron sin hablar. La esperanza de los últimos días había desaparecido, así como la música. ¿De verdad tenía que continuar él solo?

Suplicando miró a Samira, pero ella meneó simplemente la cabeza.

—He llegado a mi meta. ¡Toma esto! —. Ella le alcanzó su cesta con las provisiones, las hierbas y su cazuela.

—¡Esto lo necesitas tú misma!

—Ya no —. Ella sonreía radiante, como si ya estuviese en otro mundo.

Ella lo ayudó a alzar la escalera de cuerda y a atar a Hope a ella. Juntos dejaron caer a la loba lentamente en el barranco. Él seguía callando porque le faltaban las palabras de agradecimiento y de despedida. Finalmente, Erid metió a los cachorros en su saco y se lo colgó a la espalda.

Samira lo abrazó.

—Encontrarás tu felicidad. Lo he visto en las Estrellas. ¡Sigue a Hope!

—¡Por favor, ven con nosotros!

Ella sacudió la cabeza, se giró y desapareció en el bosque. Durante un rato, Erid miró en su dirección.

Cuando Hope ladró, él se recompuso y bajó con cuidado la escalera de cuerda. La cesta se la había colgado sobre un brazo. Una vez casi perdió el apoyo porque su mochila lo tiraba demasiado hacia atrás. En el último momento, consiguió agarrar un saliente y equilibró la cuerda. Después de que su pulso se hubo tranquilizado de nuevo, continuó a tientas por la escalera. En el suelo se quitó el equipaje y liberó a Hope.

—Ahora estamos de nuevo solos —. Él enterró la cara en su pelaje. Lo que más le hubiera gustado hacer era gritar por su desgracia. ¿Debería darse la vuelta y quedarse con Samira? Los cachorros lamían sus manos; él se enderezó y los acarició.

—Mi querida, tienes que ayudarme a llevarlo —. Él ató el saco a la espalda de Hope. La loba corrió por delante, seguida de los cachorros.

En el bosque avanzaron bien. Pero en la linde del bosque, el barranco se ensanchaba y ante ellos había una llanura nevada. Hope continuó saltando, a pesar del equipaje. Erid la seguía, pero se hundió en el primer paso hasta la cintura. Hope se dio la vuelta, lo empujó y dio dos pasos a un lado. Allí lo esperó.

Erid se liberó de la nieve, solo para volverse a hundir al instante. Finalmente alcanzó a Hope y allí la nieve estaba tan endurecida que soportaba su peso. Él siguió a Hope sin preguntarse a dónde iba. Poco a poco creía en los milagros. Pero en torno a mediodía, con su fuerza disminuía, más y más, también su esperanza. Avanzaba cada vez más despacio, perdió el ritmo de marcha de Samira. Además, la nieve se ablandó y él se hundió de nuevo.

Hope lo miró un par de veces interrogativamente. Finalmente siguió caminando sin esperarlo. Erid se quedó quieto, agotado. Con el pensamiento de Samira se le saltaron las lágrimas. Tan solo como ahora había estado tras la pérdida de Irin.

Por fin apareció Hope muy en la lejanía. Erid respiró aliviado y luchó a través de la nieve hacia delante hasta que la alcanzó. Ella lo condujo a una roca seca, allí ella se giró sobre su eje, se tumbó y se hizo un ovillo.

—¿Quieres hacer una pausa? —. Él se sentó a su lado y sacó de la cesta algunas lonchas de bacon, que compartió con los cachorros. Después, sentó a los animalitos en su regazo y se calentó las manos en su pelaje. La loba aguzó las orejas, parecía oír la melodía, igual que él. También Erid escuchaba y encontró consuelo en los suaves sonidos. Ante él, la llanura brillaba roja.

22 de diciembre

Erid se despertó a la mañana siguiente incluso antes del amanecer. El fuego se había apagado y él se helaba.

Se desenredó de las pieles.

—Vamos, querida mía, tenemos que continuar —. Con dedos entumecidos recogió sus pertenencias.

Cuando tuvo las bolsitas de té de Samira en sus manos, un dolor amargo le recorrió su alma. Samira. Ella ya estaba en otro mundo. Cariñosamente, él apretó la bolsa contra su cara y aspiró el aromático olor a hierbas. El olor de ella. No, él no lloraba. Ella no lo querría. Con esfuerzo, combatió las lágrimas que se le subían a los ojos, ató a Hope el hatillo a la espalda y alzó la cesta.

—¡Venid! —. Él empezó a caminar por la nieve sin mirar otra vez atrás.

¿Se había sentido alguna más solitario? Incluso entonces, cuando había perdido a Irin y cuando estaba totalmente solo, no había sido tan malo como ahora. En ese entonces había terminado con todo, se había conformado con su destino y solamente había vivido apático. Los sentimientos habían sido simplemente un recuerdo borroso; algo que había apartado de sí mismo porque solo le provocaba dolor.

Después había llegado Hope, lo había sacado de su desesperación y le había dado de nuevo valor. Y Samira. Un alma humana en toda aquella helada tiniebla. Como un hombre muriéndose de sed, él había absorbido el optimismo de ella y había sacado fuerzas con ello. Ahora él estaba solo de nuevo. ¿No era mucho peor perder algo que no haberlo conocido nunca? ¿No habría sido mejor si no hubiese salido nunca de su cueva y no hubiese emprendido este viaje? Entonces no sufriría ahora esta pena. Con cada paso se enfadaba más consigo mismo. ¡Si no hubiese venido aquí nunca!

Los lobitos se esforzaban por seguir a Hope. Se hundían una y otra vez en la nieve y finalmente se quedaron atascados lloriqueando en un ventisquero.

—¡Venga, vamos, vosotros dos! —gruñió Erid—, os llevo un trechito.

Él se quedó parado y tapó a los helados cachorros en su chaqueta. Ellos se acurrucaron en su pecho e intentaron deslizarse hasta debajo de sus axilas.

—¡Ey, vosotros dos! ¡Eso hace cosquillas! ¡Parad! —gritó Erid en su chaqueta, pero los cachorros no parecían nada impresionados. Se mordisquearon mutuamente e intentaron pellizcarse las orejas el uno al otro. Erid tuvo que sonreír contra su voluntad. Estos lobitos eran sencillamente imperturbables: huérfanos hambrientos, tiritando de frío y en un viaje cuyo sentido no entendían. Y aun así estaban de buen humor y se contentaban con lo que tenían y estaban satisfechos cuando Erid o Hope estaban con ellos.

Erid tragó saliva. Qué necio era. ¿Qué necesitaba más que a Hope, su esperanza, y la fuerza de su propio corazón? Samira había sido siempre tan optimista; ¿no sería una traición hacia ella si ahora él perdía el ánimo?

—Ya es hora de daros nombres a vosotros dos —dijo a los lobos. Reflexionó—. Tú, ahí —señaló al pequeño macho— desde hoy te llamarás "Life" —. Rascó la oreja de la hembra—. Y tu te llamarás "Faith", porque creo en la vida. Quiero creer en ella, ¿si no qué me queda?

Con renovada fuerza se puso de nuevo en camino. Se seguía acercando a la melodía, mientras Life y Faith dormitaban en su pecho y Hope le indicaba el camino.

Era casi mediodía cuando se dio cuenta del rastro. En primer lugar lo tomó por una simple huella de animal que estaba justo en su camino, pero por la tarde ya no había ninguna duda. Seguía una huella humana.

Alguien con zapatos de nieve caminaba delante de él. Alguien que era más ligero que él, a lo mejor un niño o una mujer. Y ese alguien era más lento que él, porque cuanto más seguía el rastro, más marcado se veía. Si él seguía con es ritmo, lo habría alcanzado al día siguiente.

23 de diciembre

Erid caminó hasta que oscureció. Las huellas delante de él mantenían, como él mismo, la dirección al destello rojizo al final del valle. Entretanto había llegado con Hope, a través de un bosque, de nuevo a una llanura sin árboles. Erid recogió, previsor, un montón de madera antes de que continuasen.

Los cachorros seguían durmiendo impasibles en el calor de su chaqueta. La nieve era pegajosa, a pesar de que el frío subía en el crepúsculo. Sus pies parecían absorberse fuertemente al suelo, cada paso era una tortura.

Se quedó quieto, cansado.

—Bueno, Hope, ¿terminamos por hoy? —. Se dejó caer al suelo y rezó para que consiguiese hacer fuego en unos minutos como Samira.

Con cuidado puso a Faith y a Life en el suelo. Bostezaron con un aullido, se estiraron y jugaron a pelearse, saltaron alrededor de Hope, que se había estirado.

De un bolsillo interior, Erid sacó un trozo de yesca que guardaba como la niña de sus ojos en un saquito de cuero. De otro bolsillo cogió el pedernal y la marcasita.

—Bueno, vamos a ver —. Con cuidado dejó el pequeño trozo de yesca encima de un montoncito de finas ramas, sobre las que había apilado un par de ramas más grandas. Después se escupió en las manos y golpeó las dos piedras una con otra cerca de la yesca, rozándolas. Saltaron un par de chipas, pero no suficientes.

En poco tiempo, Erid jadeaba por el esfuerzo, incluso tenía calor. Si por rabia o por el esfuerzo, no lo tenía tan claro.

—¡Mierda! —gritó al final. Hope subió las orejas y gruñó—. Sí, está bien, mi preciosa. Se podrá decir algunas palabrotas. — ¡Mierda, maldita sea! ¡Un reino por unas ridículas cerillas! —. La espalda le dolía por la postura encorvada; con otro grito de rabia, Erid se levantó, se estiró.

—Así tampoco funciona.

Como si le hubiera picado un bicho se dio la vuelta. Se quedó de piedra.

Ella casi se parecía a Irin. Su corazón latía con fuerza, podía oírlo latir.

—¿Quién eres? —. Su voz sonó ronca.

—Miriam.

Su tripa se abombaba alta debajo del manto. Evidentemente, ella notó la mirada de él.

—Está bien tenerte a mi lado ahora. Y ahora hagamos fuego —. Ella se acuclilló con las piernas abiertas.

Mientras ella golpeaba las piedras, de modo que saltaron grandes y brillantes chispas a la yesca, Erid todavía la miraba fijamente. Rizos castaños brotaban de la capucha, su nariz era estrecha, debajo de ella labios carnosos. Pómulos altos, un hoyuelo en el mentón.

Ya llameaban las fibras, después las ramas y en pocos minutos ardían también las ramas gruesas. Miriam miró a Erid y alargó el brazo.

—¿No me quieres ayudar?

Él anduvo dando tumbos hacia ella y la ayudó a ponerse en pie.

—¿De dónde vienes?

Ella señaló con el pulgar hacia atrás.

—¿Y a dónde quieres ir?

—A la luz de la vida. Estaba de camino, entonces oí a uno gritar como mordido por un mono —. Sonrió a Erid—. Ahora estoy contenta, por la noche no estoy sola... Por aquí hay todo tipo de criaturas.

Los cachorros tiraron del manto de Miriam.

—Shh, ¿podéis parar? —. Ella agarró el dobladillo.

Erid miró a todas partes.

—¿A qué te refieres con eso?

—Algunos quieren apagar la luz.

Erid ayudó a Miriam a sentarse cómodamente, apoyada en la mochila de él. Ella suspiró, sonó agradecida.

—¿Qué es la luz de la vida?

El fuego crujía y crepitaba agradablemente. Hope puso su hocico sobre el zapato de Miriam y los lobitos se arrastraron debajo de su falda.

—Mucho antes de la catástrofe se construyó en este valle un complejo en el que había todas las instalaciones para el caso en que pudiese haber en algún momento un contratiempo. Naturalmente, el proyecto se mantuvo en secreto. Debía estar a disposición de los así llamados diez mil superiores para asegurar su vida. Los mutantes quieren destruirlo.

Erid masticaba su tira de bacon.

—Traga de una vez, eso ya es una pasta.

Obediente, se tragó a duras penas el bocado.

—¿Cómo sabes eso?

—Mi padre era uno de los diseñadores —. Ella arrugó la cara, se agarró la tripa.

—¿Ya empieza? —. Erid saltó, se pasó las manos por el pelo.

Pero Miriam meneó la cabeza.

—Solo una pequeña contracción. Pero pronto. Y entonces me gustaría estar allí.

—¿Nos dejarán entrar?

—A mi lado, sí —. Ella sonrió.

Los ojos de Erid pasearon por su vientre.

—¿Qué ha pasado con el padre de tu hijo?

24 de diciembre

Como respuesta, ella se encogió de hombros.

Avergonzado por su falta de tacto, Erid dio un par de pasos en un semicírculo, como si tuviese que asegurar el campamento. No había preguntas inofensivas en esos tiempos.

La loba seguía sus pasos con el movimiento de su cabeza, pero se quedó tumbada. Por el rabillo del ojo, él vio que Miriam se inclinaba hacia abajo y parecía decirle algo mientras jugaba con una mano en el pelaje. Otra vez una mujer que entendía mejor a su Hope que él mismo.

Él regresó, tiró un par de ramas en las llamas y se enrolló con sus pieles. Miriam estaba sentada sin moverse al otro lado del fuego y él no se atrevía a ofrecerle el calor de su cercanía. Antes de quedarse dormido le pareció que podía oír la melodía más claramente: era más un zumbido; ningún instrumento del que se pudiese acordar podía crear esos tonos.

Él despertó en algún momento en la oscuridad. Miriam estaba arrodillada en la nieve gimiendo fuerte y se retorcía de dolor.

—¡Maldita sea! —. Erid se levantó de un salto.

Respirando fuertemente, ella le alargó una mano y él la ayudó a ponerse en pie.

—Vámonos; la luz nos muestra el camino.

Pero alrededor de su campamento estaba oscuro como la boca del lobo. Erid tuvo que soltarla para encender de nuevo las ascuas. Él recogió sus pertenencias y ató a Hope una parte de la madera sobrante a la espalda.

Después encendió una rama larga para que pudiesen ver por lo menos un trecho del camino donde pisaban.

Sostener a Miriam mientras tenía en la otra mano la antorcha resultó ser más difícil de lo que había imaginado. Casi estaba contento cuando la rama se quemaría pronto hasta el final y tuvo que tirarla.

Todas las veces, uno de ellos pisaba mal, se hundía en la profunda nieve; todas las veces tenían que parar por varios minutos cuando el dolor dominaba a Miriam. Cuando el primer resplandor gris anunció por fin la mañana parecía como si hubiesen andado durante horas y aun así no se hubiesen acercado a la luz.

Otra vez, Miriam dio un paso en falso. Hubo un ruido raro cuando ella se partió y soltó un grito.

—¡No puedo andar más! —. Ella resollaba de dolor.

Erid la cogió en brazos, pero ahora no veía dónde ponía los pies. Él se orientaba con la huella de la loba, pero Hope no se hundía tanto como él y podía saltar. Después de unos pocos pasos, se tropezó con algo que estaba escondido en la nieve y ambos se cayeron. Hope empujó a Miriam, después la rodeó gimiendo y aullando.

Erid miró a donde se mezclaba el brillo amarillento de los primeros rayos de sol con el resplandor del complejo secreto. Lágrimas se congelaron en sus pestañas.

—¡No lo conseguiremos nunca!

Miriam gimió.

—Ve solo. ¡Trae ayuda!

Él se enderezó.

—Has dicho que me dejaban entrar a tu lado.

—Diles... —. Ella apretó los dientes y cerró los ojos.

Una ráfaga arremolinó la nieve y los cubrió con una fina capa. Automáticamente, Erid se frotó las ropas.

—Diles que la hija de Jaguttis está aquí fuera.

—¡No puedo dejarte sola!

—Qué bonito que quieras morir conmigo —. Increíble, ella todavía podía burlarse. Miriam se levantó—. Entonces deja a tu loba conmigo.

Perplejo miró a Miriam y a la luz varias veces e intentó calcular cuánto de lejos estaba. Pero la lejanía de llanuras nevadas siempre engañaba.

Finalmente se ató su saco con las pieles de la espalda y construyó con ellas y con las mantas de Miriam un campamento que podía mantenerla caliente. Por último apiló la madera; pero de nuevo fue Miriam quien la prendió. Él derritió nieve en la cacerola de Samira y preparó té. Mientras tanto, ella se quitaba sus zapatos de nieve.

Después, él estaba ahí y miraba cómo ella bebía.

Ella le sonrió a través del vapor que subía de su vaso.

—Date prisa.

Ciego por las lágrimas, Erid se puso en marcha. Ahora, otra vez con los zapatos de nieve abrochados, avanzaba rápidamente. Los lobos lo seguían; Hope ladrando fuertemente, los cachorros gimiendo y aullando. Erid se quedó quieto, metió a los cachorros en su chaqueta y regresó corriendo.

Junto al fuego cogió a Hope y la presionó al lado de Miriam en la nieve.

—Tú tienes que quedarte aquí.

Hope gimió, pero puso la cabeza obediente en las mantas. Erid dejó a los cachorros, miró otra vez en la cara sonriente de Miriam y se puso de nuevo en camino.

El sol brillaba desde un cielo sin nubes y rápidamente le calentó la cara, como si anunciase ya la primavera. Erid agradeció a todos los dioses que se le ocurrieron que a Miriam por lo menos quedase libre de los caprichos del tiempo. Por la tarde, la capa superior de la nieve se empezaba a derretir y se volvió pronto tan quebradiza que él cada vez se hundía profundamente a pesar de los zapatos de nieve. Buscó un camino por zonas endurecidas.

A la izquierda y a la derecha de su camino se acercaban las montañas. Anduvo más despacio y escuchó los ruidos que salían de ellas, examinó las pendientes en busca de señales que le advirtiesen con antelación de una avalancha.

Horas más tarde estaba por fin al final del valle; se estrechaba hasta convertirse en un desfiladero, solo unos pocos pasos de ancho. Si había un camino que continuase, este estaba escondido bajo la nieve. Detrás, a lo mejor cien metros más abajo, sobresalían en un valle cerrado en la nieve artefactos de construcción humana. Un zumbido sonoro llenaba el valle cerrado y la nieve en las pendientes estaba sumergida en una luz rojiza.

Erid subió los brazos por encima de la cabeza y después se dejó caer. Sus manos paraban la mayoría de los golpes mientras rodaba por la pendiente. Sin embargo, al final chocó la cabeza contra algo y se quedó tumbado, aturdido.

El suelo bajo él vibraba. Fuera lo que fuese aquella construcción, estaba en funcionamiento. Pero que nadie se diese cuenta de su llegada, ¿qué significaba?

Erid se levantó y se sacudió la nieve mientras miraba a su alrededor.

Muros blancos de diferentes alturas, lisas superficies impenetrables. Solo era lógico que a esos edificios se llegase por el aire y que por eso solo hubiese entradas en los tejados. Aun así él se puso en camino para rodear el complejo. No había nada más que pudiese hacer. Se preguntó si Miriam seguía viviendo. Pero luego espantó el pensamiento en ella; no conducía a nada.

Las montañas lanzaban largas sombras en la profundidad del valle cerrado cuando él encontró de nuevo su propio rastro.

¡Era inútil! Se acuclilló en la nieve y escondió la cabeza en los brazos. Si esto era el final de su largo camino, entonces este lo había conducido a la muerte. Erid se tumbó y se hizo un ovillo. Ahora, ya que lo había perdido todo, estaba preparado para rendirse.

Desde arriba vino un ruido ronroneante; Erid se levantó de un salto. Lo que de repente sobresalía del tejado allí en el crepúsculo le recordaba a una grúa. Dos faros lo apuntaban y lo cegaban. Él se tapó la cara con las manos; la luz se colaba rojiza entre sus dedos.

Una voz de mujer resonó:

—¿Quién eres? —. La voz estaba distorsionada por el altavoz y aun así sonaba como la voz de Irin.

—Erid —balbuceó él. Luego le vino a la cabeza que ellos seguramente solo podrían oírlo si gritaba—. La hija de Jaguttis está ahí fuera y necesita ayuda.

Al principio no pasó nada. Él gritó sus palabras otra vez creyendo que no lo habían oído. De repente aparecieron tres helicópteros con faros deslumbrantes encima del complejo de edificios. Él movió los brazos y señaló en la dirección por la que había venido.

Se dejó caer de nuevo y lloró, ciego y sordo por lo que pasaba a su alrededor. Encontrarían a Miriam y la salvarían.

FIN

***

Si le ha gustado esta historia de navidad, recomiéndesela a sus amigos. Recomendaciones y recensiones ayudan a otros a encontrar libros que vale la pena leer.

Sobre las autoras

Este calendario de adviento es una de las obras que fue redactado conjuntamente por varias autoras del grupo "Schreibwerk".

Para esta edición, el texto fue revisado e ilustrado.

Annemarie Nikolaus, Annette Paul, Tine Sprandel, Elsa Rieger, Sigrid Wohlgemuth, Renate Hupfeld, Evelyn Sperber-Hummel.

También se han traducido al español varias obras de Annemarie Nikolaus. Puede encontrar un panorama general en su blog:
www.annes-werke.blogspot.com/p/libros-en-espanol.html

www.ingramcontent.com/pod-product-compliance
Lightning Source LLC
LaVergne TN
LVHW020843200726
843508LV00003B/1053